Traducción: Alberto Torrego

Título original: *L'or du Serpent à Plumes*
© Éditions Flammarion, 2006
© De esta edición: Editorial Luis Vives, 2007
Carretera de Madrid, km 315,700
50012 Zaragoza
Teléfono: 913 344 883
www.edelvives.es

ISBN: 978-84-263-6236-0
Depósito Legal: Z-1181-07

 Talleres Gráficos Edelvives (50012 Zaragoza)
Certificados ISO 9001
Printed in Spain

EDELVIVES

ALAIN SURGET

Ilustraciones: Annette Marnat

El oro de la Serpiente Emplumada

Las extrañas damas de *El Cacahuete*

Hacia 1660, en el golfo de México,
a una jornada de la costa de Campeche.

El sol danza sobre el mar y sus reflejos en las olas tranquilas son como miles de monedas de oro desparramadas hasta el infinito. Al vigía, instalado en su puesto, en lo más alto del palo mayor, no le resulta nada fácil permanecer con los ojos abiertos, deslumbrado como está por los reflejos del agua. *La Pulga Rabiosa* zarpó de La Española y navega rumbo al golfo de México. El marqués Roger de Parabás sabe que el capitán Roc codicia un cargamento de oro que los españoles están embarcando en Campeche, y cuenta con alcanzarlo a tiempo para intercambiar con él a Benjamín y a Luisilla por un mapa que indica dónde está escondido su fabuloso tesoro.

En la cubierta del barco, Benjamín acaba de terminar de escribir en una tabla de madera, con pintura blanca, «El Cacahuete», mientras su hermana, sentada sobre un rollo de cabos, humedece el extremo de un hilo para enhebrarlo en una aguja.

—¡Que los monstruos marinos devoren a todos estos condenados piratas! —echa pestes Luisilla—. ¡Yo no me he escapado del hospicio para niños abandonados[1] de París para acabar remendando los calzones y las casacas de la tripulación! ¡Me dan ganas de dejar las agujas prendidas a las ropas!

—Y así acabarás en el fondo de la bodega con grilletes en los tobillos —le advierte Benjamín.

—¡Sólo espero que ese bribón de Parabás acabe en manos de papá! Entonces, será él quien se pudra en el fondo de una bodega como una patata vieja.

—¿Y qué habrá sido de María la Roja? —prosigue el chico, guardando sus utensilios.

—¡Que se vaya al diablo también! —gruñe la chiquilla, clavando la aguja en la tela.

---

[1] Ver *Madera de piratas*, colección Bandera Pirata, 1.

—¡Pero no deja de ser nuestra media hermana!

—¡Ay! ¡Ya me he pinchado! ¡Que se vayan todos al diablo! —exclama Luisilla, lanzando las prendas por los aires—. ¡Estoy harta de coserme la mano por culpa de sus andrajos! ¡Harta, harta, más que harta!

—¡Harrrta! —grita el loro, posado en los obenques*—. ¡Parrrabás se va a enfadarrr! Te colgarrrá de la verga* del...!

—¡Tú, cierra el pico! —gruñe la chica, amenazándolo con la mano.

—¡Rrrruuu!

Arriba, en el mástil, el vigía se sobresalta. Esos reflejos en el agua no son del sol, ¡son de las velas de un barco! Y se aproximan a *La Pulga Rabiosa*.

—¡Tres velas! —grita el hombre.

Su aviso provoca un gran zafarrancho en la cubierta. Parabás llega corriendo a proa y mira por el catalejo.

—¡Izad la bandera española! —clama—. ¡Y cambiad el nombre de *La Pulga Rabiosa*! ¡Tapad con

_____

* Las palabras con asterisco figuran en un glosario al final del libro.

8

una tela el mascarón de proa y que dos hombres hagan como que están trabajando en él!

—¿Creéis que esos barcos representan realmente un peligro? —le pregunta Ni-sí-ni-no, su segundo de a bordo.

—Son barcos de guerra —señala Parabás, mientras el contramaestre asigna tareas entre la tripulación—. Llevan cañones hasta en la cubierta de arriba. No podemos hacerles frente.

—¿Aplicamos las medidas de emergencia?

—¡Sí, que se apliquen! —dispone el marqués, guardando el catalejo—. Ahora somos colonos españoles navegando a bordo de *El Cacahuete*.

Las órdenes vuelan de un extremo al otro del barco. A toda prisa, la enseña española sube a lo alto del mástil y, mientras un pirata clava la tabla pintada por Benjamín, donde pone «El Cacahuete», encima del nombre del navío, otros se apresuran a subir de la bodega ropa de damas y caballeros.

—¿Qué es esto? —se extraña Luisilla—. ¿Queréis acaso imitar a los cómicos?

—¡Eso mismo! —contesta Parabás—. Son gajes del oficio de filibustero, que puede uno verse obligado a disfrazarse de anciana o de fraile para engañar a su enemigo. ¡Ya estás dejando la aguja y poniéndote ese vestido! ¡Y tú también! —añade dirigiéndose a Benjamín.

—¿Cómo? —se rebela el chico—. ¿Ponerme yo una falda, disfrazarme con adornos de mujer y cofia? ¡Ni hablar! ¡Y mi hermana, que sólo está a gusto con ropa de hombre...!

—¡No hay tiempo para discusiones! —atruena el capitán—. Sólo los hombres barbudos podrán llevar calzas, jubón y levita.

Los dos niños obedecen de mala gana, y al poco tiempo aparece allí una fila de señoras, de burgueses y de hidalgos apoyados en la borda* y que siguen con la mirada a la escuadra que se aproxima.

—¡A ver, tú, quítate esa pipa de la boca! —gruñe Ni-sí-ni-no—. ¡Habrase visto alguna vez una matrona fumando! ¡Y ese pelo, escondido bajo las cofias!

Los piratas que no han encontrado traje están tumbados en la cubierta, pegados a la borda, con las armas a punto, por si los españoles se percatan del engaño. Sólo cinco o seis hombres vestidos de marineros se ocupan de manejar del barco. Por su parte, Parabás ha cambiado su casaca verde por una chaqueta de seda y una corbata de muselina.

Uno de los barcos se desvía ligeramente de su ruta para acercarse a *El Cacahuete*. En ese momento, un revoltijo de plumas se deja caer al lado del marqués.

—¡Abrrrid las porrrtas, por el tiburrrón de la marrr salada! ¡Carrrgad los cañones! ¡Listos para el aborrrdaje!

—¡Tú, cierra el pico! —grita Parabás, echándole encima su sombrero de ala ancha.

—¡Asfixiadorrr! ¡Bárrrbaro! ¡Ostrrrogodo!... ¡Rrrruuu!

El barco español se cruza lentamente con ellos a menos de diez metros, con los veinticuatro cañones listos fuera de sus portas. Soldados y oficiales están de pie y en hilera, inmóviles como estatuas de cera. «Tengo la impresión de que basta con que alguno de nosotros estornude, para que esto acabe muy mal», piensa Benjamín, sintiendo el peso de todos aquellos ojos clavados en él.

—¡Saludadlos! —ordena Parabás a media voz—. Hay que romper esta tensión.

Ni-sí-ni-no es el primero que suelta un «¡Buen viaje!». Todos los piratas disfrazados comienzan enseguida a agitar brazos, sombrillas y pañuelos y a gritar «¡Yujuuu!», con voz de falsete. El comandante del barco de guerra les responde con un movimiento de cabeza.

—¿De dónde venís? —pregunta.

—¡De Florida! —responde Parabás.

El comandante le hace una seña con la mano como queriendo decir «¡Buena suerte!».

—¡Pero... esa muchachita nos está sacando la lengua! —le hace notar uno de los suboficiales.

—¡Es cierto! ¡Y ahora nos hace burla! Cuando nos alejemos un poco vais a mandarle un disparo que le silbe en los oídos para que esa maleducada aprenda modales.

Parabás suspira con alivio cuando la flotilla los deja atrás.

—¡No os quitéis aún el disfraz! —aconseja a sus piratas—. Y vosotros, no os levantéis —añade para los que están tumbados en la cubierta—. Estoy seguro de que nos observan con el catalejo.

Luisilla se sube a la toldilla*, la plataforma de la parte trasera del barco, y se dedica hacer más muecas y gestos simiescos.

—¿Me veis bien? ¿Y qué tal ahora? ¿Mejor ahora? ¿Y aho...?

Se oye un golpe seco. Después, un silbido. El contramaestre se abalanza sobre las piernas de la niña mientras toda la tripulación se echa a tierra. La bala de cañón pasa por debajo de la vela mayor, entre el palo mayor* y los obenques, y se pierde a lo lejos en el mar.

—¡Nos atacan! —grita un hombre aterrorizado.

—¡No! ¡Es un disparo de advertencia! —corrige el contramaestre—. Una forma de responder a las burlas de la chiquilla.

Parabás se acerca a ella de un salto, la agarra de un brazo, le da la vuelta y levanta la mano. Pero Benjamín se aferra al brazo del hombre que está a punto de golpear.

—¡No pegaréis a mi hermana! —grita.

Parabás le da un empujón. Enredado en el vestido, el chico se cae para atrás. Rápida como un rayo, Luisilla empuña la espada que el marqués lleva al costado, la desenvaina, se aparta con una pirueta y apunta con su arma al pecho del marqués.

—¡Intentad tocarme ahora!

El contramaestre saca su pistola y amenaza a la chiquilla. Acuden más piratas con la falda recogida y el sable en la mano.

—¡Disimulad las armas! —ruge Parabás—. ¿Queréis que los españoles descubran nuestra treta y se nos echen encima?

Hachas, pistolas, estoques y machetes desaparecen de nuevo entre los pliegues de los vestidos.

—¡Está bien! —replica dirigiéndose a Luisilla—. No te daré la azotaina que mereces por haber puesto en peligro mi barco. ¡Devuélveme la espada ahora mismo!

La chiquilla le sostiene la mirada y luego tira el arma sobre la cubierta, que va a caer a los pies del timonel. El contramaestre la recoge y se la devuelve al capitán.

—¡Deberíamos encerrar a esa mocosa en la bodega hasta que encontremos al capitán Roc! —sugiere.

—¡No habrá sitio suficiente en las vergas para colgaros a todos cuando mi padre se entere! —replica Luisilla.

Parabás envaina su espada y se aleja sin pronunciar una palabra.

—¿Por qué lo has hecho? —pregunta Benjamín a su hermana—. Me refiero a las muecas. Parabás tiene razón: los españoles podrían haber dañado el barco.

—No imaginaba que fueran tan susceptibles. Necesito divertirme, eso es todo. ¡Si supieras lo bien que se queda una después!

Los niños se apoyan en la borda de popa, miran fijamente al mar y dejan que sus pensamientos vaguen por la estela de plata que deja *La Pulga Rabiosa,* rebautizada *El Cacahuete* para la ocasión. Sentado contra la borda, Solunojo se inclina hacia Tajosable y le dice en voz baja:

—Está loco Parabás dejando a esos dos campar a sus anchas por el barco. Sobre todo cerca de la costa. Me temo que en lugar de un tesoro, lo que nos van a traer los hijos del capitán Roc son problemas. Tengo ganas de tirarlos al mar a la primera oportunidad.

—¡Está loco Parrrabás! —repite *Cierralpico,* que ha oído las primeras palabras—. ¡Está chalado bajo su grrran sombrrrero!

17

CAPÍTULO II

El indio Ji-Ji

Al día siguiente por la tarde, se ven más barcos en el mar. La costa mexicana se divisa en el horizonte y la ciudad de Campeche aparece como una enorme concha blanca.

—¿Creéis que el barco de papá, el *María Luisa*, estará en el puerto? —pregunta Luisilla, que está instalada en la proa en compañía de su hermano y de Parabás.

—No, no lo creo. El capitán Roc nunca correría el riesgo de anclar su barco a la vista del enemigo. Los piratas no son bienvenidos en Nueva España². Seguramente, habrá encontrado un refugio a lo

---

² Nombre que recibía México en la época colonial.

largo del litoral, lejos de las guarniciones, y habrá entrado en Campeche disfrazado de leñador o de campesino. Yo también voy a adoptar la misma táctica. Una vez que hayamos dejado el barco en un lugar protegido, entraremos en la ciudad e intentaremos dar con él. Seguro que merodea por el puerto, al acecho de noticias acerca del oro de las ciudades mayas.

—Habéis dicho «vamos» —observa Luisilla—. ¿Significa eso que no bajaréis a tierra solo?

—Tú y dos hombres vendréis conmigo.

—¿Y yo? —se molesta Benjamín.

—Tú te quedarás a bordo, vigilado por Ni-sí-ni-no. Necesito la presencia de uno de vosotros para imponer mis condiciones al capitán Roc. El otro servirá de rehén. Hablando en plata —insiste Parabás mirándoles a los ojos—, la suerte que corra cada uno de vosotros depende de la actitud del otro. ¡Así que mucho cuidado con hacer tonterías o intentar escaparse!

El barco sigue navegando y se aproxima a tierra al sur de Campeche. La selva se extiende por la costa, apenas interrumpida por algunos pueblos pesqueros indios. Los piratas buscan la desembocadura de un curso de agua que el barco pueda remontar. El litoral es una sucesión de playas y lagunas. Y por fin...

—¡Reducid trapo! —ordena Parabás—. Creo que distingo un paso entre los árboles.

El barco modera su marcha y se adentra en un canal que desemboca en una amplia laguna cerrada por el lado del mar por un cordón de dunas cubiertas de palmeras y cocoteros.

—¡Camuflad el barco! —aconseja el capitán a su tripulación, una vez que el navío ha fondeado—. ¡Y permaneced alerta! Nosotros estaremos de vuelta dentro de dos días a más tardar.

El bote deposita en tierra al marqués, a dos piratas y a Luisilla, y luego vuelve al barco, que no tarda en desaparecer bajo una maraña de palmas que ofrece el aspecto de un bosquecillo de árboles.

Parabás, Solunojo, Tajosable y Luisilla penan por la selva. Caminan en silencio, abriéndose paso a machetazos entre la maleza y las grandes hojas que les impiden avanzar. Sólo se oye el choque del acero, el crujido de las ramas bajo sus pies y los jadeos que salen del pecho de los caminantes. De vez en cuando, el grito de un pájaro resuena en la espesura como una señal de alarma.

—¡No te pares! —gruñe Parabás, empujando a la chiquilla por la espalda—. Los animales no van a atacarnos.

Un poco más lejos, los árboles se van espaciando y se abre un claro lleno de tocones y de troncos abatidos.

—Allí hay un indio —señala Tajosable.

—Será un leñador —supone Solunojo.

—No ves bien —replica su compañero—. No lleva hacha sino fusil.

—El tipo no es esquivo —constata el marqués—. Nos está observando en vez de huir.

—A lo mejor no está solo —estima Luisilla.

En el fondo de sí misma, está esperando un cambio brusco en el rumbo de la aventura, un golpe de suerte que ponga a los piratas en aprietos y le permita a ella recuperar la libertad de acción perdida. Sentado en un tocón, el indio los observa mientras se acercan. Le divierte verlos avanzar adoptando toda clase de precauciones, espiando a derecha e izquierda, y no puede reprimir una risita al contemplar esa inquietud tan fuera de lugar.

—¡Ji, ji! No tengáis miedo —les dice en español cuando llegan a su altura—. Hace ya mucho que la selva no se merienda a los extranjeros. Sois piratas,

¿eh? Sólo a los piratas se les ocurre ir a Campeche por la selva. ¡Ji, ji! Recorren los mares de arriba abajo, pero evitan cuidadosamente los puertos.

—Muy listo —responde Parabás—. Seguro que has visto pasar a gente por aquí, ¿a que sí? ¿A otros franceses, quizá?

—No sabía que Parabás hablaba tan bien el español —se extraña Luisilla.

—Es marqués —le recuerda Tajosable—. Es un hombre instruido.

El indio se hace el sordo ante la pregunta del pirata. Entonces, con un rápido movimiento, Parabás le arrebata el arma de las manos.

—Este fusil es un modelo francés; hay una flor de lis impresa en esta cartuchera.

—El mar lo ha arrastrado hasta aquí —se defiende el indio.

El marqués le coge por el pelo y le pone de pie. Casi rozando su frente con la del indio, le espeta:

—¡Mientes! El agua salada habría estropeado el cuero. Te encontraste con unos franceses y los mataste para robarles.

—No, no...

—Entonces te lo regalaron a cambio de un gran favor que les hiciste... Más te vale decirme la verdad si quieres salvar el pellejo.

Parabás lo suelta. El indio baja la vista. Cuando la levanta de nuevo, su mirada se cruza con la de Luisilla. Se sobresalta un segundo y el marqués se da cuenta.

—¿Qué te pasa? ¿La habías visto antes?

—¡Esos ojos!... ¡He visto esos ojos antes!

—Se ha encontrado con el capitán Roc —resume Parabás, dirigiéndose a sus compañeros.

—¿Y sabe dónde está? —exclama la niña.

La fría punta de una espada se apoya en la garganta del indio.

—¿Cómo te llamas?

—Tanecolojaspucali... Es un poquitín largo, sí, ¡ji, ji!

—Bueno, pues te llamaremos Ji-Ji. ¡Siéntate, Ji-Ji, y cuéntanos lo que has visto!

En pocas frases, Ji-Ji les cuenta que hace tres días un pirata que volvía de Campeche le dio un fusil y una cartuchera a condición de que diera pistas falsas a todos los filibusteros y aventureros que se cruzaran en su camino.

—Y se llevó a mi hermano de guía —precisa el indio.

—El capitán Roc es astuto —se ríe Tajosable, una vez que Parabás ha traducido—. Sabe que el cebo del oro va a atraer a todos los bandidos y filibusteros y quiere el tesoro de los Mayas para él solito.

Parabás coge a Luisilla por los hombros y la sitúa frente al indio.

—¡Ésta es la hija del hombre que te dio el fusil! —declara.

El indio la observa con atención. La chiquilla percibe una extraña sensación, como si el indio leyera en su interior.

—¡Sí! —confirma—. Sus ojos no mienten.

—¡Quiere encontrar a su padre, así que para ya de mentirnos! ¿Adónde ha ido?

—A la ciudad de Kukulkán —anuncia Ji-Ji.

—¿Kukulkán?

—Es el nombre del dios Serpiente Emplumada.

—¿Y eso dónde está?

—En Palenque. En la selva del río-serpiente.

—La idea del capitán Roc es excelente —se regocija Parabás—: después de haberse informado en Campeche, quiere tomar la delantera a los españoles y apoderarse del oro allí mismo, antes de que lo carguen en sus galeones. Y hace bien, porque luego, una vez en el mar, los barcos estarán protegidos por una escuadra tan grande, que será imposible abordarlos. Mientras que preparar una emboscada en plena selva... Seguiremos sus pasos. ¡Tú te vienes con nosotros! —decreta el marqués dirigiéndose a Ji-Ji—. Nos harás de guía. Te devolveré el fusil cuando hayamos dado con el padre de la pequeña y, además, te regalaré un sombrero. Pero ¡ay de ti si nos has engañado...! —añade, haciendo silbar en el aire la hoja de su espada—. ¡Vamos! ¡Volvemos al barco! Esto es lo que se dice una misión eficaz y prontamente resuelta —termina diciendo mientras envaina la espada.

Camino de vuelta, Luisilla y Ji-Ji se encuentran uno al lado del otro, flanqueados por los piratas.

—¿Entiendes y hablas un poco mi lengua? —le pregunta la niña.

—Muy mal francés —confiesa el indio—. ¡Ji, ji!

—¿Es cierto que tengo los mismos ojos que mi padre?

—Como el océano son.

—¿Tiene alguna cosa más de particular papá?

—Niebla en el corazón. Terrible debe ser con enemigos suyos. No piedad para ellos.

—¿Niebla? —repite Luisilla.

—Gran tristeza. Soledad. Traición, quizá...

—¡Eh, Ji-Ji, cierra el pico! —gruñe el marqués por detrás.

«Te das por aludido —piensa la niña—. Fuiste tú quien entregó a mi padre a los ingleses. Menos mal que logró escapar.»

Y la chiquilla, imitando la voz del loro, entona:

—¡Parrrabás tiene mieditis! ¡Tiene mieditis bajo su grrran sombrrrerrro!

CAPÍTULO III

El río-serpiente

Al día siguiente, *La Pulga Rabiosa,* o *El Cacahuete,* bordea una isla de la que se elevan numerosas columnas de humo.

—La isla de Tris —declara Ji-Ji—. Refugio de bucaneros.

—¡Cargad los cañones —ordena Parabás a sus hombres— y abrid bien los ojos! Los bucaneros son tan peligrosos como una manada de cocodrilos.

—¡Cocodrrrilos! —vocea *Cierralpico*—. ¡A los rrrefugios! ¡Va a haberrr acción, por el tiburrrón de la marrr salada!

Dos grandes piraguas cargadas de hombres armados aparecen de pronto entre la maleza y enfilan hacia el barco a golpe de remo.

—¡Se quieren apoderar del barco! —exclama Benjamín con la garganta seca.

—¡No! —corrige Parabás—. Lo que les interesa son nuestros víveres y medicamentos. Deben de estar más que hartos de alimentarse a base de carne de tortuga ahumada a la leña.

—¡Pues no les vamos a dar nuestras reservas! —dice Luisilla decidida.

—¡Desde luego que no! ¡Manda abrir fuego! —ordena el marqués a su segundo.

Ni-sí-ni-no vocea sus órdenes, que son transmitidas por el contramaestre, que dirige la maniobra. Las trampillas se levantan a lo largo de toda la banda, las bocas de los cañones asoman por las portas... Luisilla da saltos de alegría por la inminencia del combate.

—Vosotros dos, ¡al camarote! —gruñe Parabás, haciendo un gesto a Solunojo para que los ponga a cubierto.

—¡Ni hablar! —se rebela la chiquilla.

Sus protestas se pierden en un redoble de truenos. Los cañones han lanzado una andanada. El mar levanta géiseres de agua por delante de las piraguas, que se balancean peligrosamente. Los bucaneros lanzan aullidos, pero no tienen en cuenta la advertencia y se lanzan al ataque gritando salvajemente. Resuenan los disparos. Los cañones escupen de nuevo sus balas. Una embarcación vuela por los aires, proyectando hacia arriba sus restos y a sus ocupantes. La segunda piragua se aparta, pero lejos de abandonar la partida, se dirige hacia la proa del navío para interceptarlo.

—Se han situado fuera de nuestro ángulo de tiro —comenta Ni-sí-ni-no—. ¡Llevan ganchos y se preparan para el abordaje! ¡Todo el mundo a cubierta! —grita, para reunir a la tripulación.

—¡No hay tiempo que perder! —gruñe Parabás—. ¡Timonel, a ellos!

El barco vira rápidamente. Cuando los bucaneros ven que se les viene el bauprés encima, enloquecen. Algunos disparan sus balas a la quilla, como si así pudieran detener la carga de semejante mastodonte. En el último momento, tiran las armas y se lanzan al agua. Al ser embestida de lleno,

la piragua salta por los aires y se parte en dos. El barco pasa por medio...

Poco después, las olas se tiñen de amarillo en las cercanías de una amplia hendidura que divide la selva en dos.

—¡El río-serpiente![3] —dice el indio, señalando un inmenso curso de agua que desemboca en el golfo.

---

[3] Se trata del río Usumacinta.

El barco aminora la marcha, replegando sus velas bajas y conservando sólo las de gavia*, y se adentra en el río.

—Profundo es —asegura Ji-Ji a un marinero que está situado en el bauprés con un escandallo*—. No rocas, no bancos de arena. Sólo cocodrilos, ¡ji, ji!

—¡Rrrruuu! —subraya *Cierralpico,* escondiendo la cabeza bajo el ala.

El río está bordeado por la selva. Lianas cubiertas de flores cuelgan a modo de grandes serpientes. Los troncos están tan juntos que reina la oscuridad entre la maleza.

—¿No habrá guerreros mayas escondidos tras los helechos, listos para lanzarnos una lluvia de flechas? —se inquieta Benjamín.

—Parabás está convencido de que papá ha pasado por aquí. Así que nosotros pasaremos también —sostiene Luisilla—. ¡Cuando pienso que sólo estamos a tres días de él...!

—Ni-sí-ni-no no ha podido proporcionarme un mapa de la región —indica su hermano—, pero me ha explicado que el tiempo y las distancias son engañosas en la selva. Uno puede dar vueltas y más vueltas y encontrarse a poca distancia del punto de partida, cuando creía haberse alejado mucho.

—Lo cual significa que a lo mejor papá está muy cerca —se alegra la chiquilla.

—O, por el contrario, que vamos a tardar un tiempo infinito en dar con él.

—¡Deja ya de verlo todo siempre negro! —suspira la chica—. ¡Mira a tu alrededor! ¡Estamos en la selva virgen! Soñábamos con ella cuando éramos pequeños. ¡Recuerda que era para nosotros la viva imagen de la aventura: fieras, indios, ciudades de oro...! ¡Éramos conquistadores!

—Yo miro las cosas con realismo —rectifica Benjamín—. Somos prisioneros de los piratas. Barba Negra y María la Roja nos siguen la pista sin duda y Parabás persigue a papá para robarle.

—Aún no lo ha conseguido.

—¡Despiértate! Con nosotros como rehenes, es como si Parabás ya le hubiera enganchado por los pelos. ¡Nadie vendrá en nuestra ayuda! ¡No tenemos más que enemigos!

Luisilla se encoge de hombros. No quiere pensar en los peligros que los acechan. Una vez que se hallen en presencia de su padre, ya se verá. Por el momento, su cabeza está llena de estrellas que la hacen esperar un desenlace feliz.

El barco remonta lentamente el curso del río. En las orillas no se deja ver ni un alma. Ni un pescador, ni un cazador. Y, sin embargo, los piratas tienen la impresión de ser observados. Cuando las sombras de la noche oscurecen el río, Parabás

ordena echar el ancla en medio y pone centinelas armados en la arboladura*.

Llega la noche. Una noche pegajosa por la transpiración de las plantas, pesada por el rugido del jaguar, por el grito estridente de los monos, por el crujido de las cortezas de los árboles... Una noche de caza y persecuciones, con sus aullidos, sus bruscos silencios, sus quejidos de agonía...

Al amanecer, el ancla vuelve a subir chirriando, las velas se despliegan y el barco continúa penetrando en la selva siguiendo el cauce del río-serpiente.

—¿Falta mucho todavía? —se impacienta Parabás, estudiando las riberas con el catalejo.

Ji-Ji hace una señal que indica que hay que seguir. Más lejos, siempre más lejos en medio de un mundo desconocido... A la mitad de la jornada, cuando el indio indica que casi han llegado, el marqués descubre un espectáculo insólito en la lente de su catalejo.

—¡Por todos los demonios! —deja escapar.

En la orilla, hay un barco encallado sobre un costado. Los palos están rotos, las velas y los cabos, acuchillados, el casco, roto como si un gigante lo hubiese pisoteado. Hay algunos cocodrilos subiendo por el armazón, otros luchando entre ellos en el interior, con las colas golpeando el agua con ruidos que parecen latigazos.

—La madera no está podrida —observa Ni-sí-ni-no cuando el navío se aproxima a él—. No hace mucho que ha ocurrido esto.

De pronto, se oye un grito agudísimo. Lívida, Luisilla señala con el dedo el montón de restos.

—¡Mirad el nombre! ¡Es el *María Luisa,* el bergantín* de papá!

CAPÍTULO IV

El grito
del quetzal

Las órdenes vuelan en *La Pulga Rabiosa*. Echan al agua el bote, que en tres paladas se acerca al costado del *María Luisa*. Los piratas disparan para alejar los cocodrilos. Los animales no se conforman fácilmente con abandonar la posición: se resisten y lanzan dentelladas, pero al final se deciden a zambullirse y desaparecen en el río. Sable y pistola en mano, Parabás y sus hombres penetran en el navío por la brecha del casco. Hay un metro de agua en el interior, barriles flotando y sacos destripados nadando.

—No veo ningún cuerpo —dice Solunojo.

—Se los habrán comido los cocodrilos —aventura el contramaestre.

—Una bala de cañón no produce daños tan importantes —reflexiona Parabás, examinando el enorme agujero—. Parece como si hubieran destrozado el barco a hachazos.

Salen afuera y rodean el barco.

—Creo adivinar lo que pasó —anuncia el marqués—. Problablemente, el capitán Roc dejó su navío bajo la vigilancia de un retén reducido de miembros de la tripulación y se adentró en la selva con el grueso de sus hombres. Entonces, el *María Luisa* fue atacado y destruido. Pero ¿fue obra de una banda de saqueadores o de soldados españoles?

La pregunta produce un profundo silencio. Todos ellos observan el entorno, esperando el silbido de una flecha o una detonación. Tajosable se acerca a estudiar la borda y los trozos de los palos. En un momento dado, golpea el agua con su arma, suelta una imprecación y se apresura a reunirse con sus compañeros en tierra firme.

—Ya vuelven esos bichos —maldice—. He encontrado balas de fusil en la selva, pero pocas.

Lo que está claro es que no fueron los indios quienes atacaron el *María Luisa*.

—Volvamos para calmar a los mocosos —propone Parabás—. No me gustaría que acabaran en las fauces de los cocodrilos por venir en busca de noticias.

Asomados a la borda, Luisilla y Benjamín preguntan a voces por su padre cuando el bote se aproxima al barco.

—¡El capitán Roc está vivo! —asegura el marqués.

—¿Cómo lo sabéis? —interpela la chiquilla.

Parabás espera a estar a bordo para explicar:

—Nadie habría podido dejar el bergantín tan maltrecho de haber estado en él la tripulación al completo. Habríamos notado muchas más huellas de un combate encarnizado: espadas rotas, impactos de bala, manchas de sangre... Al retén que quedó en el *María Luisa* le pilló por sorpresa el ataque. Seguramente, los hicieron prisioneros y destruyeron el barco con el fin de evitar que se fuera a la deriva por el río y pudiera llamar la atención.

—O sea que papá está atrapado en la selva —concluye Benjamín.

—¡Y el enemigo quizá le va pisando los talones! —completa Luisilla—. ¿Qué estamos esperando para ir a socorrerlo?

—¡A socorrerrrlo! —repite *Cierralpico*—. ¡Por los cuerrrnos del macho cabrrrío, va a haberrr acción en la selva!

—¡Y nosotros también vamos! —afirma la chiquilla en un tono que no admite réplica.

—¡Ya lo creo! —corrobora Parabás—. Ahora que veo cercano el final, os necesito para negociar con vuestro padre: su hija a cambio del mapa del tesoro; su hijo a cambio del oro de la Serpiente Emplumada. No quiero que el barco permanezca amarrado aquí —añade dirigiéndose a su segundo—. Lo mejor es que vuelvas a mar abierto. Esconderemos el bote entre la maleza y nos encontraremos en el litoral dentro de cuatro días. Si al cabo de ese tiempo no aparecemos, envía una expedición en nuestra busca.

Poco después, Parabás, algunos de sus hombres y los niños asisten a la partida del navío mientras Ji-Ji disimula el bote bajo un macizo de altos helechos.

—Voy a imitar el grito del quetzal a lo largo de todo el camino —previene el indio cuando la columna se adentra en una selva tupida.

—¿Y eso por qué? —se extraña el marqués—. ¿Quieres que nos localicen?

—El quetzal es un ave muy miedosa. Si hay hombres escondidos, callará. De lo contrario, contestará con arrullos.

Ji-Ji echa para atrás la cabeza y emite un sonido que se parece al de la tórtola. Los piratas aguzan el oído, una vez que el capitán les ha explicado en

qué consiste la argucia del indio. Ponen caras raras al constatar su incapacidad para distinguir un sonido de otro en medio de todos los ruidos que hacen en las ramas los pájaros y los monos. El rostro de Ji-Ji se ilumina con una amplia sonrisa; levanta un dedo como para recomendar que escuchen y luego hace señas de proseguir la marcha.

—¡Nos está tomando el pelo! —murmura Luisilla—. ¡No pensará hacernos tragar que los quetzales se han instalado del río a la ciudad como si fueran centinelas!

—Los indios oyen y ven cosas que a nosotros nos pasan desapercibidas —replica su hermano.

—Mmm... A mí me parece más bien que intenta hacerse el indispensable para obtener más regalos. Parabás parece igual de escéptico que yo.

Los piratas avanzan en fila india, pisando sobre las huellas del que va delante. El suelo es traidor, anegado de agua por debajo del musgo, perforado de agujeros, o al contrario, erizado de raíces. Nenúfares gigantes cubren charcos de agua estancada; troncos podridos, caídos en el suelo, son otros tantos obstáculos que deben rodear o saltar. De las alturas cuelgan lianas y no es fácil diferenciar la planta de la serpiente. Ji-Ji vuelve a lanzar su llamada.

—¡Rrrruuu! —le imita *Cierralpico*.

Es este último el que recibe una respuesta bien clara proveniente de una familia de loros.

Las flores caen abatidas por los sables, los hombres se dan de bofetones o hacen grandes gestos para espantar las nubes de mosquitos. Los árboles crujen, aparecen ojos en las charcas, lo que parecía un tronco empieza a moverse, a abrir una bocaza grande como una cueva, y hay que echar a correr para librarse de sus dentelladas. El aire huele a humedad, las camisolas están empapadas de sudor, las piernas pesan y la marcha es tan dura que Parabás multiplica las paradas.

Cuando el indio propone por fin un alto para pasar la noche, todos se dejan caer al suelo en cualquier lugar. Incluso Solunojo se tumba encima de un hormiguero. Un segundo más tarde se levanta de un salto y se rasca como un poseso.

—¿Creéis que papá estará aún en la ciudad de la Serpiente Emplumada? —pregunta Luisilla mientras mastica un pedazo de carne seca, pues Parabás ha prohibido encender fuego.

—Pues no le hemos visto volver por el río. Según Ji-Ji, el camino que estamos siguiendo es el más fácil. Cargado de oro, el capitán Roc tendrá que pasar por aquí seguro.

—Pues yo no me puedo quitar de la cabeza a los que han destruido el *María Luisa* —interviene Benjamín—. Tienen que estar sin duda entre nosotros y papá.

—He hablado mucho de eso con nuestro guía. Él está convencido de que se trata de una banda de saqueadores. Habrán aprovechado que el barco estaba casi sin defensa para asaltarlo. Según él, no les interesa vuestro padre. Lo que han encontrado en el barco ha debido de bastarles ampliamente.

—¡Ojalá! —susurra Luisilla.

—En caso contrario, los sorprenderemos por detrás. Si se encuentran atrapados entre el capitán Roc y nosotros, no tardarán en abandonar la partida.

—Y de ese modo vos quedaréis como único enemigo de papá —la acorrala Benjamín—. ¿No os contentaréis con el oro de la Serpiente Emplumada? ¿Querréis más?

—Hace tanto tiempo que estoy buscando su mapa, que me daría la impresión de traicionarme a mí mismo si me contentara con el tesoro maya.

—¡Qué asqueroso! —murmura Luisilla, mirándole con desprecio—. ¡Queréis robárselo todo!

—¡Gracias a mí, vosotros vais a encontrar a vuestro padre y él a sus queridísimos niños! ¿No es eso acaso un tesoro también?

En ese momento, Ji-Ji lanza el arrullo del quetzal hacia lo alto. Al poco, el mismo sonido le contesta, totalmente reconocible en medio del cacareo de unas cotorras parlanchinas.

—Ciudad muy cerca —anuncia el indio en francés para que todos le entiendan—. Quetzal muchos en Palenque. Dioses clavar sus plumas en piel de serpiente. Así es Kukulkán, la gran Serpiente Emplumada. ¡Ji, ji!

—Encantador —refunfuña la chiquilla.

—Ahora hay que dormir —aconseja Parabás, levantándose para designar centinelas—. Mañana será el fin de nuestras aventuras.

CAPÍTULO V

La ciudad de la Serpiente Emplumada

Al alba, las gotas de rocío se deslizan por las grandes hojas y van cayendo desde las partes más altas de la vegetación hasta las más bajas. Entre los árboles flota una bruma que les da aspecto de fantasmas.

—¿Está lloviendo? —se pregunta Benjamín, a quien han arrancado del sueño unas gotas que le mojan la frente.

—Aliento de selva —le aclara Ji-Ji, en cuclillas delante de una palma—. Respiración de árboles. Suspiro de Kukulkán... Leche de dioses —termina, y abre la boca para recoger un hilillo de agua que chorrea por una nervadura.

—¡En pie! —gruñe Parabás, despertando a patadas a sus piratas—. La fortuna nos espera. Beberéis y comeréis mientras camináis.

La columna se restablece. El corazón de los niños late con fuerza. Su padre está tan cerca... La selva se abrirá de pronto, como se pasa la página de un libro, y se encontrarán cara a cara con él.

—Tengo miedo —susurra Luisilla—. Miedo de que papá se enfade con nosotros por haber caído en manos de Parabás. ¡Imagínate que prefiere conservar su tesoro...!

Benjamín no dice nada. Le ha estado dando vueltas y más vueltas en la cabeza a ese asunto por la noche. También a él le preocupa ese encuentro. ¡Ojalá no termine en batalla! Ji-Ji, que va en cabeza, hace señas de repente para que se detenga la columna. Emite su reclamo y recibe inmediatamente una respuesta tan clara como su grito.

—¡Ya estamos! —anuncia Parabás.

Un escalofrío recorre la fila. Los hombres arman fusiles y pistolas, empuñan con fuerza sables y espadas; Benjamín y su hermana intercambian una mirada... Se masca la tensión, todos contienen el aliento. Con un gesto de cabeza, Parabás ordena avanzar. Los rayos del sol caen desde lo alto de los árboles como una lluvia de oro. El indio aparta unas palmas y la luz del día penetra a raudales.

—¡La ciudad de Kukulkán! —indica, señalando con el dedo.

Los piratas salen de la espesura. Ante ellos se despliega una ciudad abandonada, recubierta en parte por la vegetación. En lo alto de unas terrazas construidas en forma de pirámide, se levantan templos a los que se accede por unas escaleras monumentales. Delante de la pirámide más alta, y flanqueada por una torre cuadrada, una construcción diferente ocupa un gran espacio.

—El palacio de los antiguos reyes —comenta Ji-Ji al pasar por delante.

Los hombres se despliegan por una pequeña plaza. Un silencio mortal reina en la ciudad, como si el dios Serpiente Emplumada se hubiera dormido definitivamente bajo aquellas viejas piedras.

—¿Y hay oro en estas ruinas? —murmura Solunojo perplejo.

—Tesoro en vientre de templos —asegura Ji-Ji en francés.

—¿Dónde está papá? —pregunta Luisilla—. Aparte de nosotros, aquí no hay un alma.

—Tu padre ha debido de marcharse por otro camino —supone el marqués, contrariado.

—Vamos a ver si ha dejado algo —se excita Solunojo.

—Lo más urgente es alcanzar al capitán Roc —recuerda Parabás—. Su tesoro sobrepasa con creces todo lo que...

Pero saber que tal vez haya oro al alcance de la mano excita tanto a los piratas que no escuchan a su capitán. Se lanzan hacia el templo grande y emprenden su ascensión.

—¡Vaya panda de cretinos! —exclama Parabás.

—¡Crrretinos! ¡Bestias! ¡Calamidades! —vocifera *Cierralpico*.

—En fin, subamos a ver nosotros también —refunfuña el marqués, que se ha quedado solo con el indio y los niños.

—¡Devolvedme mi fusil! —reclama el indio—. Y dadme también el gran sombrero prometido.

Parabás le tiende el arma y dice:

—Tendrás el sombrero cuando hayamos encontrado al capitán Roc.

Y emprende la subida a la pirámide. Ji-Ji hace entonces un gesto que llama la atención a la chiquilla.

—¿Qué...?

Pero no le da tiempo a terminar la frase. El indio dirige el cañón de su fusil hacia Parabás y abre fuego, alcanzándole en el muslo. El hombre se desploma y cae rodando escaleras abajo. Los niños se quedan atónitos. ¿Ji-Ji les está ayudando o...? Los piratas se han quedado inmóviles y miran hacia atrás. El indio levanta el arma al cielo, se vuelve hacia el palacio y lanza un formidable aullido de victoria.

—¡Maldito traidor! —grita Parabás, apuntando a Ji-Ji con su pistola.

Y dispara. El indio cae muerto en el acto. En ese momento, salen del edificio soldados españoles vociferando.

—¡Hemos... hemos caído en una trampa! —balbucea Benjamín.

—¡Una trrrampa! —se asusta *Cierralpico*—. ¡A las arrrmas! ¡Cargad los cañones! ¡Va a haberrr acción, por el tiburón de la marrr salada!

Estalla un tiroteo. Dos piratas se desploman. Luisilla se apodera de la espada de Parabás y hace frente a los soldados.

—¡Acercaos, que os corte en pedazos! —grita, blandiendo su espada.

Su hermano la coge de la cintura por detrás, la echa al suelo y la retiene allí.

—Pero ¿quieres que nos maten o qué? —chilla—. ¡No tenemos ninguna posibilidad contra ellos!

Los soldados se lanzan a la pirámide, empujan a Parabás y trepan por la gran escalera. Unas manos cogen a los niños y los levantan. Luisilla y Benjamín asisten impotentes al ataque.

Los piratas se han refugiado en el templo, que consta sólo de una estancia, y descargan sus armas sobre los españoles.

—¡Estamos rodeados! —ruge Solunojo—. ¡Y ya han hecho prisionero al capitán!

—¡El indio nos ha engañado! —se enfurece Tajosable—. No hay cámara subterránea en el templo.
¡Ni un gramo de oro en esta maldita ciudad! ¡Mirad
lo que hago yo con la Serpiente Emplumada!

Se apodera furibundo de la estatuilla de piedra
del dios Kukulkán que se halla encima de un
pedestal en medio del templo y la lanza al vacío. La
pieza se rompe en pedazos contra los peldaños y la
cabeza cae rebotando hasta el pie de la escalera. En
ese momento, un inquietante bramido asciende
desde la selva, la tierra vibra y los árboles se ven agi-
tados por un temblor, como si un poderoso aliento

recorriera la espesura. Por un momento, todos se olvidan del combate temiendo un terremoto.

—Kukulkán está muy enfadado —dice furioso un indio que está agachado junto a Ji-Ji—. Se va a vengar de la ofensa que le han hecho los blancos y de la muerte de Tanecolojaspucali.

Luisilla se acerca al oído de su hermano y susurra:

—Ese indio se parece a Ji-Ji. Estoy segura de que es su hermano, el que ha guiado a papá hasta aquí.

—¿Crees que también se lo habrá entregado a los españoles?

La chiquilla está a punto de responder cuando un oficial le corta la palabra:

—Vosotros también sois franceses —afirma en la lengua de los niños.

Los niños se contentan con asentir con la cabeza. El hombre sonríe de oreja a oreja al constatar que los piratas tiran sus armas desde lo alto del templo y salen con los brazos en alto.

—El espejismo del oro hace verdaderas maravillas —prosigue en francés—. Éste es el segundo grupo que capturamos en tres días. Y siempre franceses. Me imagino que los filibusteros ingleses y holandeses no tardarán en presentarse también.

—¿Habéis capturado al capitán Roc? —se atraganta Luisilla.

—Sí. Su guía indio lo trajo directamente a nuestra trampa.

—¿Y cómo sabíais que veníamos todos a Palenque? —pregunta Parabás, entre gemidos de dolor.

—Gracias al señuelo del oro —precisa el oficial—. Esa palabra os hace perder la prudencia a todos.

Mientras los piratas y los soldados bajan de la pirámide, les explica brevemente:

—Ahora puedo decíroslo, ya que no creo que vayáis a ir por ahí contándolo. En realidad, no hay tesoro alguno en la ciudad. El verdadero cargamento de oro se hará en Cartagena, en Colombia. Las estatuillas de oro macizo y las joyas de los incas se han fundido y los lingotes resultantes van, desde Perú, camino de ese puerto. Con el fin de proporcionar una seguridad perfecta a los galeones que transportarán el oro hacia España, al Virrey se le ocurrió tender una trampa a los piratas dirigiéndolos hacia otro lugar. Esperamos a otros, pero ya nos damos por contentos por haber echado el guante al capitán Roc, uno de los más famosos bandidos del Caribe.

—¿Y dónde está? —se inquieta Luisilla al borde del llanto—. ¿Qué vais a hacer con él?

—Pues lo que hacemos siempre que capturamos a un pirata: los llevamos a Veracruz a marchas forzadas para que allí sea juzgado y ahorcado. Vosotros dos escaparéis al cadalso porque sois aún muy jóvenes, pero no a la cárcel.

El oficial se reúne con sus hombres y da las órdenes oportunas. Atan a los prisioneros y atienden a los heridos.

—El grito del quetzal era para ir informando de nuestro avance —subraya Benjamín, mirando cómo un hombre pone un vendaje en el muslo de Parabás—. El pájaro que respondía era su hermano.

—Ji-Ji simuló desde el principio —gruñe el marqués, apesadumbrado—. Mientras hacía creer al capitán Roc que impediría a otros piratas seguir la misma pista que él, esperaba a sus presas en el claro de la selva para llevarlos a la emboscada española. ¡Quién sabe cuántos como él hay detrás de nosotros guiando a otros Hermanos de la Costa!

—Seguramente, fue un grupo de españoles el que destruyó el *María Luisa* para cortarle a papá toda posibilidad de retirada.

—Sin duda. Hice bien mandando al mar *La Pulga Rabiosa*.

—¡Para lo que nos va a servir ahora! —suspira la chiquilla, mientras extiende las muñecas.

Se las colocan en la espalda y se las atan en un abrir y cerrar de ojos. El oficial designa después a diez soldados y a varios porteadores indígenas para conducir a los prisioneros a Veracruz. Después, ordena a su tropa que haga desaparecer toda señal de batalla y que se vuelva a esconder en el palacio, ya que los rastreadores indios han oído de nuevo el grito del quetzal cerca del río-serpiente.

CAPÍTULO VI

La cólera de la selva

Los niños caminan arrastrando los pies. Los soldados azuzan con pequeños pinchazos de sable a los
piratas para obligarlos a andar más rápido. Los que
se encuentran peor son ayudados por sus compañeros. *Cierralpico* se ha colocado en el hombro del
marqués y desaparece a medias bajo su gran sombrero.

—Parabás no sabía la razón que tenía ayer cuando afirmaba que éste era el final de nuestras aventuras —medita Luisilla—. La única imagen que
tendremos de papá será su cuerpo balanceándose
en el extremo de una cuerda.

—¿Y nosotros? —dice Benjamín con el corazón
en un puño—. ¿Qué va a ser de nosotros?

La selva parlotea en torno a ellos: los pájaros cotorrean, los monos chacharean, los troncos crujen, las hierbas silban... Y de pronto, ¡el silencio! Un silencio pesado, como si una presencia monstruosa acabara de paralizar la selva. Los porteadores miran a su alrededor, inquietos, e intercambian algunas palabras en su dialecto. El sargento responsable de la expedición dicta órdenes para cortar de raíz el miedo que ve que se está apoderando del corazón de los indios. Obliga a acelerar la marcha, arrancando gemidos entre los heridos.

—¡Qué más me da que lleguen vivos o no a su destino! —dice a sus hombres—. ¡Al fin y al cabo es la muerte lo que los espera!

—No entiendo nada de lo que dice, pero está claro que él tampoco las tiene todas consigo —murmura Benjamín—. Es como si algo estuviera agazapado en la vegetación y nos estuviera espiando.

—Tengo la misma impresión —confirma su hermana—. Tal vez sea un jaguar.

—¡Kukulkán! ¡Kukulkán! —invocan los indígenas escondiendo la cabeza entre los hombros, como si temieran que los árboles se les fueran a venir encima.

El suboficial les ordena que se callen y avancen más deprisa, amenazando con golpearles si siembran confusión en la columna. Los hombres pasan bajo un entramado de lianas y penetran en un laberinto de matorrales, cuando un terrorífico alarido los paraliza de espanto. Los niños se aprietan uno contra otro, los fusiles se agitan, un porteador abandona su carga y huye. El sargento vuelve las armas contra ellos para impedir que se marchen.

—¿Qué... qué demonios está pasando? —tartamudea Luisilla.

Benjamín es incapaz de responder.

—¡Kukulkán! ¡Kukulkán! —repiten los indígenas con voz enloquecida.

—Deben de creer que la Serpiente Emplumada se va a vengar porque su estatua se ha hecho pedazos —aventura el muchacho.

—Ese grito... era horrible —replica la chiquilla—. Era mitad humano y mitad animal... No saldremos vivos de aquí. Esto no es una selva... Es un monstruo. Son las fauces de algo terrorífico.

Los soldados mantienen los ojos fijos en la vegetación que los envuelve. Están listos para disparar al menor sobresalto. Uno de ellos se lleva de pronto la mano a la cabeza y se desploma. Desconcertado, el sargento se acerca a él y se agacha para examinarle. Descubre una herida profunda en la frente, pero nada que haya podido provocarla.

—Está claro que no se ha golpeado con una rama.

Un pirata se desploma a su vez como si le hubieran segado las piernas. ¡Y entonces cunde el pánico! Los porteadores abandonan sus fardos y salen huyendo como alma que lleva el diablo. El aire se llena de silbidos. Llueven sobre la tropa flechas y piedras. Luego la vegetación se entreabre.

—¡Dios mío! —exclama Luisilla.

Tocados con cascos en forma de cabeza de serpiente y cubiertos de escamas y plumas, los guerreros mayas aparecen como demonios blandiendo arcos, hondas, mazas y grandes sables de madera con trozos de obsidiana muy afilados incrustados.

—¡Permaneced agrupados! —grita el sargento—. ¡Formad un cuadro y defendeos!

Pero nadie le obedece, todo el mundo echa a correr para salvar la vida. Los guerreros se lanzan en persecución de los que huyen y derriban indistintamente a soldados y a prisioneros. Se oyen tiros, pero no son suficientes para frenar el ataque de los mayas. Los gritos de terror y los aullidos guerreros resuenan en un horrible caos. En lugar de lanzarse a una huida condenada al fracaso, Luisilla y Benjamín se refugian debajo de una montaña de hojas al pie de un banano salvaje.

—Son hombres-serpiente —se estremece la chiquilla.

—Los guerreros de Kukulkán. Los porteadores tenían razón. Quieren lavar la afrenta hecha a su dios. Sus vigías debían de estar al acecho en las ruinas de la ciudad.

—¡Chsssss! Ahí llega uno.

Los dos contienen la respiración y desearían poder meterse bajo tierra. El indio bate la hojarasca con un sable intentando descubrir a eventuales enemigos escondidos. Su cabeza emerge de una boca de boa cuya piel le cae hasta los tobillos. Lleva en el torso una especie de peto enteramente cubierto de plumas de diferentes colores. El corazón de los niños se pone a latir con tal fuerza que les parece imposible que el guerrero no lo oiga también. «No nos vamos a dejar capturar ahora como crías de pajarillos en un nido», se dice Luisilla. Y se dispone a dar un salto fuera del escondite, cuando de repente el hombre se da media vuelta y se precipita hacia unos matorrales lanzando un rugido de fiera salvaje. Aprovechando que ha empezado a pelear con un soldado que esperaba pasar desapercibido, los niños se arrastran bajo el montón de hojas y se dejan caer por una larga pendiente.

—Si por lo menos no tuviéramos las manos atadas... —se lamenta Benjamín.

¡Oyen crujidos detrás! ¡Ya está, los han descubierto! Luisilla y Benjamín echan a correr hacia delante. Arañados por las ramas bajas, azotados por las palmas, tropezando en plena carrera con raíces disimuladas como serpientes entre las hierbas altas, caen, vuelven a levantarse y corren con la fuerza que les da la desesperación. ¡Un ruido a la derecha! Por instinto se van hacia la izquierda siguiendo una senda estrecha, un corte en la vegetación causado por el paso frecuente de animales... y se dan de bruces con una familia de pecarís[4].

—¡Ah! —exclaman, frenando en seco mientras los animales huyen.

Entonces, una mole cae sobre sus hombros, los derriba y los inmoviliza en el suelo. Benjamín todavía tiene tiempo de pensar: «¡Ahora sí que estamos muertos!».

---

[4] Cochinos salvajes.

CAPÍTULO VII

El regalo del diablo

Una mano tapa la boca de los niños. El peso que los mantiene pegados al suelo les impide moverse. «¿Qué está pasando? —se extraña Luisilla, viendo que la situación se prolonga—. ¿Por qué no nos matan?» Oye frases en una lengua desconocida y pasos que se aproximan.

Luego, de repente, oye un ruido de carreras acompañado por unos gruñidos y a unos guerreros que estallan en una carcajada y dan media vuelta.

—¡Ya podéis dar las gracias a los pecarís! —murmura una voz en el oído de la chiquilla—. Acaban de salvarnos la vida.

Luisilla se sobresalta. «¡Esa voz!... ¡No es posible! ¡No puede ser...!» Levanta la cabeza un poquito y descubre al negro Malibú echado encima de su hermano y al indio Tepos[5] emboscado detrás de unos helechos, con una flecha lista para defenderlos. «¡María la Roja!... Pero ¿cómo ha dado con nosotros?»

Los ecos del combate se han apagado. El silencio envuelve de nuevo la selva. Después, uno a uno, tímidamente, los pájaros se atreven con un trino, casi como si pidieran permiso. Cuando los árboles empiezan a cotorrear, los monos salen del mutismo y retoman su bullicio y sus acrobacias.

—¡Esto ya está mejor! —declara María, cortando las ataduras de la chiquilla—. Kukulkán se ha serenado. Los soldados y sus prisioneros deben de estar muertos, tirados por la selva. ¡Triste final para Parabás! ¡Aunque morir colgado de una cuerda no es tampoco muy envidiable!

—Entonces, tú también ibas en busca del oro de la Serpiente Emplumada —dice Benjamín a su media hermana—. ¡Será posible que todos los piratas del Caribe acaben cayendo en la trampa!

---

[5] Ver *La isla de los tiburones*, colección Bandera Pirata, 3.

—No hay oro en la ciudad —anuncia Luisilla—.
Los españoles han lanzado ese bulo para eliminar a
los filibusteros. Papá está preso. Los soldados le
han llevado a Veracruz, donde será ahorcado. Su
guía le traicionó.

—El nuestro también nos entregó a los españoles —añade su hermano.

—Yo sólo confío en mi tío Tepos —indica la
joven mestiza—. Conoce bien la selva, por eso no
vinimos por el río sino por la selva. ¡Afortunada-
mente para vosotros! —termina diciendo con una
sonrisa de pantera.

—¡Hay que salvar a papá! —declara Luisilla—.
¡Hay que atacar Veracruz, reventar la prisión!... Tú
tienes un barco, tienes cañones, tienes hombres,
¿no? —insiste la muchacha, viendo que María no
contesta—. Podemos incluso pedir ayuda a *La Pulga Rabiosa*. Ni-sí-ni-no...

—¡Volvamos a *La Caprichosa*! —la interrumpe
María—. No queda nada por hacer aquí.

Empiezan a retroceder cuando un torbellino de
plumas les cae encima.

—¡*Cierralpico*! —exclama Benjamín—. ¿O sea
que has logrado evitar la lluvia de flechas?

En contra de su costumbre, el loro calla y va a refugiarse en el hombro del chico.

—¡Que éste calle significa que ha debido de pasar un miedo del demonio! —comenta Luisilla.

—¡Rrrruuu!

—¿Qué vamos a hacer con respecto a papá? —insiste la chiquilla, dirigiéndose a su hermana.

—Él nos abandonó a los tres cuando éramos pequeños —se queja María la Roja—. Lo que se merecería es que ahora nos desentendiéramos de su suerte nosotros también.

Sus últimas palabras provocan una bocanada de esperanza en el corazón de los niños.

—Lo cual quiere decir... —insiste Luisilla.

—¡Que no voy a dejar que su parte del mapa se pierda para siempre!

—¡El mapa del tesorrro! —se excita *Cierralpico*—. ¡Orrro! ¡Muchísimo orrro!

—Este pájaro se recupera muy deprisa —ríe Benjamín.

Luego, espera a que todos hayan atravesado un paso difícil y pregunta por fin a María:

—¿Por qué nos has salvado a Luisilla y a mí? Los guerreros de la Serpiente Emplumada iban a librarte de nosotros. ¿No será que tu corazón...?

Tepos le pone la mano en el hombro y dice:

—Demasiadas preguntas para el final de un día tan agitado. Las respuestas llegarán a su debido tiempo.

Algo más lejos, en el campo de batalla, el cuerpo de un soldado se mueve. Oscila, rueda hacia un lado y debajo aparece Parabás. El marqués se incorpora, desenvaina la espada que el español lleva al cinto y, sujetando la empuñadura con los pies, emprende la tarea de cortar la cuerda que le ata las manos. Muy cerca, se oye un gemido y un torso se endereza. Solunojo surge de entre los cuerpos. Un poco más allá, dos piernas se agitan para empujar a un soldado caído encima de ellas. Son las piernas de Tajosable.

—¡Pues sí que estamos apañados, compañeros! —dice Parabás, arrastrándose hacia ellos—. Pero la vida sigue fluyendo en nosotros y eso es lo único que importa.

—Sólo quedamos nosotros tres —constata Solunojo—. Ahora sí que estoy seguro de que tengo la cabeza más dura que una maza.

—A mí me alcanzó una flecha en el hombro —se queja Tajosable—. Pero me queda un brazo útil.

—Pues yo tuve la suerte de que el sargento cayó encima de mí cuando le dispararon. He estado todo el rato debajo de él haciéndome el muerto. La sangre que me manchaba confundió a los guerreros. El diablo no quiere nada con nosotros —concluye Parabás—. Él protege a sus criaturas y nos dará fuerzas para volver a *La Pulga Rabiosa*.

—¿Y luego, qué? —pregunta Solunojo, ayudando a Tajosable a levantarse.

—¿Luego? Pues seguiremos buscando el tesoro del capitán Roc.

—Sus hijos han desaparecido —advierte Solunojo—. Se han perdido en la selva o los mayas se los han llevado.

—Ya no los necesito para atraer al padre. Allá donde se encuentra no tiene fácil escapatoria.

Su risa se eleva hacia las ramas altas cortando en seco los cotorreos de la selva. Un mono chillón intenta imitarlo.

—Pierdes el tiempo —se burla Parabás—. Hay que ser pirata para tener la voz del diablo.

Glosario

arboladura: conjunto de palos y vergas de un barco de vela.

atacador: instrumento empleado para apretar la pólvora en los cañones.

babor: lado o costado izquierdo de la embarcación mirando de popa a proa.

bauprés: palo horizontal o algo inclinado que, en los veleros, avanza desde la proa.

bergantín: nave de dos palos y velas cuadradas.

bergantín goleta: navío con velas cuadradas en el palo trinquete (a proa) y vela cangreja en el palo mayor.

bitácora: especie de armario, fijo a la cubierta y delante del timón, que contiene el compás o brújula.

borda: parte superior de los costados de una embarcación.

cabrestante: rueda que giran los marineros empujando unas barras. En ella se va enrollando la cadena del ancla hasta que ésta queda fuera del agua.

cámara: departamento que, en los buques de guerra, se destina al alojamiento de jefes y oficiales.

cangreja: vela de forma trapezoidal.

caña del timón: barra de madera que encaja en la cabeza del timón y con la cual se maneja éste.

cofa: plataforma en la parte alta del palo que sirve como puesto de observación y para facilitar la maniobra de las velas altas.

driza: cabo con el que se izan y arrían las velas, las vergas y las banderas.

escandallo: instrumento para medir la profundidad del agua y reconocer la naturaleza del fondo.

escota: cabo que tensándolo sirve para orientar las velas según la dirección e intensidad del viento.

estopa negra: cabos deshilachados de cáñamo untados de brea que sirven para sellar las uniones de las tablas.

estribor: lado o costado derecho de la embarcación mirando de popa a proa.

fragata: embarcación de tres palos de velas cuadradas y bauprés con tres o más foques.

flechaste: cabo horizontal sujeto a dos obenques que sirve para subir a los palos.

foque: vela triangular propia del bauprés.

gavias: velas cuadradas, situadas más arriba que la vela mayor.

gaviero: marinero encargado de la maniobra de las gavias.

goleta: embarcación de dos palos con velas cangrejas.

jarcia: aparejos y cabos de un buque.

La Española: isla del Caribe dividida políticamente, en la actualidad, en dos países: Haití y República Dominicana.

mascarón de proa: figura colocada como adorno en la parte exterior de la proa.

mástil: palo de una embarcación.

mosquete: arma de fuego antigua, mucho más larga y de mayor calibre que el fusil.

obenque: cabo grueso que contribuyen al sostenimiento del palo.

palo mayor: el más alto del buque y que sostiene la vela principal.
palo mesana: en embarcaciones de más de dos palos, el de popa.
palo trinquete: en embarcaciones de más de un palo, el de proa.
popa: parte posterior de la embarcación.
porta: abertura situada en los costados y la popa del barco donde se sitúan los cañones.
proa: parte delantera de la nave, con la cual corta las aguas.

quilla: pieza de madera o hierro que va de popa a proa por la parte inferior del barco y en la que se asienta todo su armazón.

ratafía: aguardiente de canela, azúcar y zumo de frutas, especialmente de cerezas o guindas.
regala: tabla horizontal que cubre la parte superior de la borda.

santabárbara: lugar donde se almacena la pólvora o las municiones en las naves.

timón: pieza de hierro o tablón que, articulado verticalmente en la parte posterior del navío, sirve para gobernarlo, ya sea a través de una caña o de una rueda.
timonel: persona que gobierna el timón.
toldilla: plataforma elevada en la parte posterior del navío.

verga: palo horizontal del cual pende una vela cuadrada.
virar: cambiar el rumbo del velero de modo que el viento que daba al barco por un costado, le dé por el opuesto.

yesca: materia muy seca, preparada de forma que cualquier chispa pueda prender en ella.

Índice